U0639569

魔女的星辰礼服

[日]安昼安子 著

莞合 译

山东人民出版社·济南

国家一级出版社 全国百佳图书出版单位

⊗ 目录 ⊗

1 名门千金魔女的婚礼……006

2 玛琪的订单……016

3 "另一件礼服"……025

4 定做魔女波普琳……032

5 波普琳失败了……045

6 礼服定做分店……058

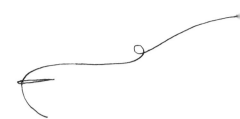

7 重新和好……071

8 幸运花……080

9 新娘的黑色礼服……093

10 灿烂繁星商店……105

11 向星星许愿……114

12 玛琪的婚礼……121

什么都行魔法商店 13

魔女的星辰礼服

礼服 修改

1

名门千金魔女的婚礼

夏日午后，烈日炙烤着大地。正在前往礼服修改分店的奈奈被强烈的阳光照得眯起了双眼。

一会儿，她终于踏进了森林，立刻感觉被凉爽的空气包围。奈奈开心地笑着，在平日常走的林间小路上奔跑。一转弯，爬满红色蔷薇花的红砖房，仿佛迎接奈奈似的，映入了眼帘。

"欢迎光临，奈奈大人。"可冬边说边打开门，刚泡好的红茶香味飘了过来。

"今天泡的是上等的橙黄白毫茶①。"

可冬一如往常，优雅地帮奈奈斟上红茶。不过，今天他倒好茶后，便立刻返回了桌边。桌上放着摊开的《魔女新闻》，可冬似乎找到了想看的报道，大声说：

"真是大新闻！乌苏拉家的千金玛琪女士，也就是玛格丽特·乌苏拉小姐的结婚典礼，将在一周后举行，小丝大人。"

小丝正要拿起杯子，听到这个消息后，

---

① 橙黄白毫是锡兰红茶的一种，上等红茶，茶叶清香，回味甘甜。

手稍微停顿了一下。但她下

一秒立刻一副没兴趣的样子，一言不发地喝

起茶。

　　于是，奈奈忍不住追问："乌苏拉家的

玛格丽特？她很有名吗？"

　　"是的，奈奈大人。玛格丽特大人，我

们都称她玛琪大人。她所属的乌苏拉家族，

是魔法世界里血统最纯正、最古老而且最富有的，家族的富裕程度远近驰名。"

听了这些话，奈奈瞪大了眼睛，小丝却淡定地说道：

"乌苏拉家族的魔女趾高气扬，远近驰名。玛琪明明没获得什么称号，却因为嚣张跋扈而被大家称为'女士'。"

所谓"女士"，是大家对拥有伯爵或公爵之类称号的女性的尊称。小丝从没见过玛琪女士，也不想见她。

"以挥霍、虚荣闻名的玛琪，一定会花一大笔钱，办一个豪华得令人瞠目结舌的婚礼。"小丝一脸不屑地说。

奈奈却双眼闪闪发亮，两手交握在胸前，一副很感兴趣的样子，兴奋地说：

"玛琪女士究竟会穿什么样的结婚礼服呢？她要是来跟小丝定制结婚礼服就好了。"

"赞同，奈奈大人。虽然裁缝魔女大人有很多，但手艺最精湛的还是小丝大人！"可冬说。

小丝看了看互相笑着点头的两人，耸了耸肩，说：

"她没有找我下订单。结婚礼服在好几个月前就已经定做了，报纸上是这么写的。难不成你认为挥金如土的玛琪，会在结婚典礼上穿修改过的旧礼服？"

"那她是在礼服定做分店定制的吗？"

奈奈虽然有点儿失望，但是脑海中很快就浮现出礼服定做分店所有定做魔女的脸庞。自从"谁是排名第一的裁缝魔女"比赛后，奈奈便与六位定做魔女成了好朋友。

这六位魔女中，手艺最高超的是艾斯塔露，其他五位定做魔女在各自擅长的领域也

莉莲

拉米

艾斯塔露

毫不逊色。无论哪位，都是心地善良、十分

优秀的魔女。

"到底是谁负责玛琪的结婚礼服呢？"奈

奈疑惑地心想。

这时，礼服修改分店外传来一阵敲门声，

有客人登门了。

礼服　　　　修改

玛琪的订单

"欢迎光临。"

可冬边说边打开门。

只见一个身穿黑色制服，系着白色围裙的精灵女仆站在门口。她左手小心翼翼地捧着一顶高级魔女帽，右手拿着一把扫帚。当门完全打开后，精灵女仆立刻退到一旁。

然后，可冬看到一位表情不悦的年轻魔女站在门外。

她身上穿着一件看起来既昂贵又华丽的礼服，身后跟着两个穿着制服的精灵女仆。

其中一个精灵女仆抱着一个篮子，里面装着魔女大人的仆猫。见状，可冬瞪大了眼睛，惊讶得说不出话来。

"这里真的是什么都行魔法商店吗？怎么这么寒酸？"

听到主人这么说，负责拿帽子与扫帚的精灵女仆一脸尴尬，但还是回答道：

"是的，是这里没错，玛琪大人。这里就是有名的什么都行魔法商店礼服修改分店。"

"虽然都是什么都行魔法商店，但这里

却完全比不上礼服定做分店。”

说着，玛琪快步从沉默的可冬面前走过，轻蔑地环顾修改分店一周。

“请问有什么事吗？”听到冷冷的声音，玛琪的眼神这才移到小丝身上。

小丝双手叉腰，用跟平常一样的态度，不，比平常要冷淡多了，注视着玛琪。

而玛琪也毫不示弱地挑起一边的眉毛，看着小丝，高傲地说：

“你就是裁缝魔女小丝吧？我在报纸上看到过你。我当然是有事情才来的。如果没事的话，你认为我会特地来这种店吗？”

然后，她叫第三个穿着制服的精灵女仆把抱着的箱子放到小丝面前。

“我想，你们应该都知道我就要结婚了，

结婚典礼上穿的，当然是全白的结婚礼服，是什么都行魔法商店礼服定做分店帮我制作的高级礼服。那是历经好几个月，修改过好几次设计图后做成的超完美礼服！"

玛琪像做梦般陶醉地望着远方。突然，她皱起眉头，摇摇头，像是要把脑

海中的想法丢掉似的，然后说道：

"可是，结婚典礼后的派对上，我却必须穿上'另一件礼服'，这是乌苏拉家族超级无聊的规定……"

"另一件
礼服？"

奈奈忍不
住好奇地问。

玛琪烦躁
地点点头，让
精灵女仆把
箱子打开。

箱子里放
着一件材质上
乘，款式却有
点儿过时的结
婚礼服。

"这是我妈妈穿过的结婚礼服。乌苏拉家族的每一代新娘，都会穿上由妈妈的结婚礼服修改而成的礼服，参加婚礼之后的派对。这就是乌苏拉家族'另一件礼服'的规定。"

玛琪一副很不情愿的样子，低头看着妈妈的结婚礼服。

礼服　　修改

3

"另一件礼服"

　　玛琪妈妈的结婚礼服由光滑的缎子制成，外面像盖着面纱般又罩上了一层蝉翼纱。虽然款式已经有点儿过时，但仍是件十分可爱的礼服。

　　小丝看到裙子上缝着许多丝质的玛格丽特花，觉得很感动。玛琪的妈妈一定会

很高兴，因为自己的结婚礼服即将被修改为女儿的礼服。

这么说来……小丝想起一则旧新闻，那是小丝接管礼服修改分店之前的事了。

新闻上写着，礼服修改分店的裁缝魔女帮即将成为新娘的玛琪妈妈，修改玛琪外婆的结婚礼服。正如玛琪所言，这是乌苏拉家族对结婚礼服的规定。

"另一件礼服"是祖先们为了警示后代即使更富有，可以过优渥的生活，也要勤俭持家而制定的规定。

可是，小丝一眼就能看出，玛琪一点儿也不觉得这个规定有趣。

结婚礼服好几个月前就定制了，"另一件礼服"却迟至婚礼前一周才拿到礼服修改分店修改，这差别真大。一定是玛琪任性地吵着不想穿修改过的旧礼服，才会一直拖着。

可是这是家族的规定，玛琪终于意识到只能遵守时，迫不得已才来找小丝。

当小丝开始察看玛琪妈妈的旧礼服时，玛琪很无趣似的别开脸，说道：

"'另一件礼服'的修改，没有什么特别的规定，要染、要剪、要缝都可以。所以，麻烦你把这件过时的礼服，改得让任何人都想不起它原来的样子就好了。因为，我一点儿也不期待这件礼服修改后会变得更美。

"到目前为止，我从来没穿过'二手衣'，为什么结婚典礼后的婚宴派对上非穿不可？真是气死我了！"

她焦躁不安地在店里走来走去。

"我只担心结婚礼服，今天明明是最后一次试装了，为什么不能给我看呢？哎呀，礼服有没有问题啊？婚礼前四天就需要用到结婚礼服了。所以……真是的，最晚后天就一定要拿到！"

玛琪来这里之前，为了试装，先去了一趟什么都行魔法商店的礼服定做分店。原本，礼服应该要完工了才对，可是不知为何，对方却说"今天没办法试装，也无法让您看礼服"，拒绝了她的要求。

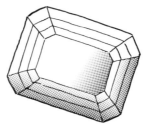

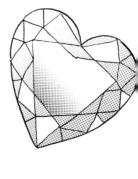

　　所以，玛

琪的脑海中都

是对结婚礼服

的担心。

　　然后，她无所谓地说道："总之，修改

妈妈礼服的事，就麻烦你了。婚礼在一周后

举行，你只要前一天修改好就可以了。"

　　玛琪突然想起什么事似的，又接

着说：

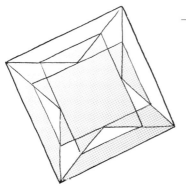

　　　　　　"小丝，请在礼服

　　　　　上缝上许多宝石。礼服

　　　　　随便你想怎么改就

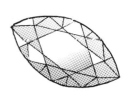

怎么改，反正它也不会变成多棒的礼服，不是吗？不过，只要有宝石，它多多少少也会变得比较漂亮吧。啊！对了，要花多少钱都没关系。"

小丝以前就不喜欢玛琪，况且没有人会喜欢以这种口气说话的人吧。即使如此，小丝还是决定接受这个订单，因为历代接管礼服修改分店的魔女，都接下了这个工作。

而且，富有的乌苏拉家族至今仍遵守着"另一件礼服"的规定，这让小丝由衷地感到敬佩。

礼服　　修改

4

定做魔女波普琳

　　送走玛琪与三个穿着制服的精灵女仆后，小丝、奈奈和可冬决定重新喝一次下午茶。因为茶已经完全凉了，而且为了转变因玛琪无礼的话而恼火的情绪，可冬再泡一次茶，是很有必要的。

　　可是，当重泡的红茶还很烫的时候，敲

门声又响起了。

"这次是哪位贵客呢？"

可冬无精打采地打开红色的大门。

这次，是大家熟悉的魔女站在门外。

绣着缎带花边的魔女礼服，加上一头洋娃娃般的金色卷发，客人正是礼服定做分店的魔女波普琳。她是裁缝魔女服装设计比赛时小丝的竞争对手之一。

波普琳与参赛的其他五位定做魔女都在礼服定做分店工作，是位手艺精湛的裁缝魔女。

"波普琳，好久不见！"

奈奈忍不住大叫，开心地跑了过去。

可是，波普琳眼睛微微颤动，大颗的泪珠从脸庞滑落。

"怎么了，波普琳？"

听了奈奈的话，波普琳隐忍着的情绪瞬间崩溃，跌坐在地，哭了起来。

"怎么办……我犯了一个天大的错误。"

仔细一看，波普琳手上拿着一个大包袱，里头露出一点儿白色的高级布料。可冬见状，与小丝面面相觑。

"波普琳大人，这不会是玛琪女士的结婚礼服吧？"可冬说。

"真的吗？波普琳。"

奈奈大叫的同时，波普琳轻轻地点了点头。

"是的。我接到这个订单时非常开心。玛琪女士虽然是个很讨厌的人，但是，能帮乌苏拉家族做结婚礼服，真的让人很骄傲。"

"光是设计图，就一定花了好几个月吧。"

小丝感同身受地安慰着波普

琳。波普琳抬起头来，说道：

"我画了几十张设计图，可是玛琪女士

只会抱怨不是这样、不是那样……直到款式

确定后，我真的松了一口气。"

听了这话，小丝深深地点了点头。

波普琳在这几个月中，一定孜孜不倦地

画着设计图。

　　"不过，能松口气的，也
只有那个时候而已。因为礼服的设计十分复
杂，所以后来制作时我也很辛苦……要完工
的话，得花上好多工夫。除此之外，玛琪女
士还来试装了好几次。"

　　所谓"试装"，是礼服真正完成之前，
先将各部分暂时缝起来，随时做调整，使衣
服完全合身。比起套在模特架上制作，这种

做法使礼服更合身。它是制作高级礼服的礼服定做分店必需的程序。

玛琪为了让礼服能完全符合自己的身形，每次都严格要求波普琳一定要做到。

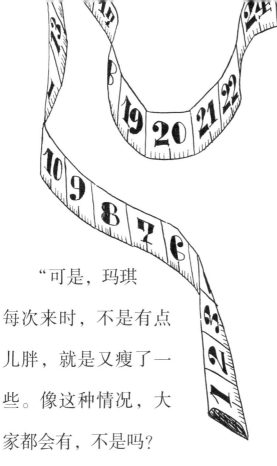

"可是，玛琪
每次来时，不是有点
儿胖，就是又瘦了一
些。像这种情况，大
家都会有，不是吗？

　　"但是，就连这么细微的差异，她每次都要求修改。每次试装，礼服都要做好几次修改。

　　"之前和最近一次的试装，她都曾叮咛我把腰身再改小一点儿……"

　　说到这里，波普琳又低下头，不说话了。

"然后，终于到最后一次试装了，对吧？"

波普琳没有回答

小丝，而是将结婚礼服从包袱里拿了出来。

那是一件光看一眼，就会让人赞叹的出色礼服。礼服上面缝着许多用美丽的蕾丝缎带做成的花边，而裙子则很蓬很蓬，非常梦幻。只有波普琳才能设计出这么浪漫的礼服。

"哇，好漂亮！"

奈奈被惊艳得瞪大了眼睛，不禁赞叹道。

"很出色，波普琳。"

"这是一件非常美丽的礼服，波普琳大人。"可冬附和道。

波普琳对工作的
认真态度，令小丝跟
可冬感动。

"谢谢。可是，我把玛琪女士'腰身再改小一点儿'的叮咛全都忘了。"

这似乎是很大的错误，从波普琳苍白的脸色看来，就知道了。

礼服　修改

5

波普琳失败了

　　"虽然玛琪女士叮咛'腰身再改小一点儿'，但是我却忘了修改。而且，当我记起这件事时，已经是玛琪女士快来的时间了。原本今天应该是最后一次试装。"

　　接下来，波普琳就不再说什么了。

　　小丝看了礼服一会儿，戴上黑猫顶针，

站在橱柜前敲了敲，说道：

"乌苏拉家的玛琪。"

门里站着的，是与刚刚来店里的玛琪一样身形的模特架。

当小丝准备把结婚礼服穿在模特架上时，波普琳用力咬了下嘴唇，开口道：

"绝对穿不上的，小丝。"

正如波普琳所说，礼服比模特架要小许多。

奈奈一头雾水地看着脸色苍白的波普琳。小丝慢慢地吐了一口气后，站在波普琳的面前。

"你使用了不该用的魔法，对吧？波普琳。"小丝斩钉截铁地说道。

"……是……是！没错。"波普琳紧闭的眼里，掉下一颗豆大的泪珠。

"我使用了裁缝魔女绝对禁止使用的魔法，对礼服施了'尺寸变更魔法'……因为玛琪女士马上就要来了，而且，今天是最后的试装，后天就要完工交货了……我本来想，腰围稍微改一下就好……"

波普琳解释着，懊悔不已。

但是，波普琳施的尺寸变更魔法失败了。

尺寸变更魔法并不是一个简单的魔法，一旦使用后果不堪设想，所以是严禁魔女擅自使用的。

"因为魔法失败，所以不只腰围，整件礼服都缩小了吧？"小丝说。

"没错，尺寸变

更魔法并没有成功……"

波普琳说完,以求救的眼神看着小丝。

"小丝,你知道怎么解除这个魔法吗?如果不行的话,你懂得让尺寸变大的尺寸变更魔法吗?我请礼服定做分店的伙伴帮忙,可是没有人愿意帮我。"

小丝听了,瞪大了眼睛。

"这是当然的,
波普琳。她们……
就连我也是,大家
都是裁缝魔女啊。
裁缝魔女是绝对不
能使用尺寸变更魔
法的,而且施行失
败的魔法是很难解
除的。波普琳,你
自己也知道的,不
是吗?"

洁德

奇洛

莉莲

拉米

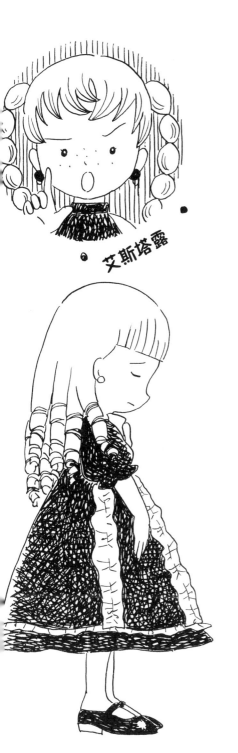

艾斯塔露

波普琳听了，沮丧地垂下了肩膀。然后，她开始认真思考自己做过的事，以及礼服定做分店的伙伴对这件事的想法。她现在真是欲哭无泪。

波普琳觉得，跟使用尺寸变更魔法之前相比，现在好像来到了一个不同的世界。"如果没有做就好了"的后悔情绪包围着她，让她觉得好孤单。

　　波普琳羞愧地低下

头，小丝则暖心地说道：

　　"波普琳，接下来该怎么做，你应该知

道的，不是吗？"

　　波普琳随即抬起头，下定决心似的说：

　　"嗯，没错，小丝。我……必须从头开始

重新制作，做一件同样的礼服，只能这样了！"

　　奈奈吃惊地看着两人，担心地说：

"结婚典礼在一周后举行，对吧？在那之前，要做一件跟这个一模一样的礼服？"

"不是一周后，奈奈。"

波普琳看起来快要哭了，却还是勉强笑了笑。于是，奈奈想起了玛琪说过的话。

"对了，玛琪说婚礼前四天，就需要用到结婚礼服，这是为什么呢？"

“乌苏拉家都是以传统的方式准备婚礼的，奈奈。”

小丝说完，可冬就站到奈奈身边，解释道：

“在魔法世界中，魔女结婚之前有个习俗，就是让亲朋好友在结婚礼服上，施上祝福的魔法。因此，新娘在婚礼前四天的早上，就会把结婚礼服摆在房间里，等着亲朋好友来祝福。这真是优雅而温暖人心的习俗，只是现代人因为太忙碌，很多魔女大人都不这么做了。”

“真的吗？那结婚礼服真得重新做，而且要在这天之前完工。”

玛琪的结婚礼服每一处都很繁复，重做的话很花时间，这一点奈奈立刻就想到了。

一个星期后是否能做好都是个问题，更何况是要在后天完成，怎么看都觉得不可能。

可是，下定决心的波普琳，已经不再叫苦了，她说道："拜托了！小丝、奈奈，请你们一起来帮忙。"

奈奈用力点头的同时，握住了波普琳的手，说道："波普琳，我们当然会帮忙啦，而且艾斯塔露她们也一定会帮忙的。"

可是，波普琳却落寞地摇摇头。

"要是那样就好了……不过，我觉得那是不可能的，奈奈。因为大家都在生我的气，尤其是艾斯塔露。"

艾斯塔露是六位定做魔女中，手艺最高超的。不仅如此，她还非常讨厌人家走旁门左道，是个大家可以信赖的优秀魔女。

所以，波普琳认为艾斯塔露和其他人绝对不会原谅她，或许有一定的道理。小丝虽然从没开口说过，不过她却对艾斯塔露非常信任。

此时，小丝已经将自己的裁缝用具放到包包里，开始准备出门，并以一贯冷淡的态度说：

"是吗？我倒认为艾斯塔露和其他人，一定会出手帮你。"

礼服 修改

6

礼服定做分店

"伊鲁玛巴纳！"

一阵粉红色的烟雾升起，出现在面前的房间，让奈奈看得目不转睛。房子的墙面是以金丝缎做装饰的白色木板墙；天鹅绒窗帘堆出褶痕后被优雅地束起；工作用的大桌子上，放着一台漂亮的高级缝纫机；好几件做

到一半的礼服，正套在模特架上。不管哪件礼服，都有许多花边，非常梦幻。

看到这里，奈奈立刻就知道这是位于礼服定做分店的波普琳的工作室。在礼服定做分店里，每一位定做魔女都拥有一个豪华的房间。

小丝、奈奈和可冬为了帮波普琳重新制作玛琪的结婚礼服，一起来到了礼服定做分店。

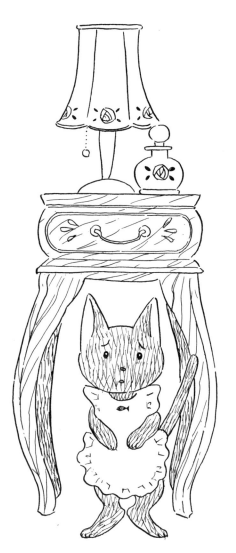

魔法旅行纸粉红色的烟雾完全消失后，大家便看到一只看起来有点儿胆怯的黑猫，孤零零地站在工作室中间。

那一定是波普琳的仆猫。

"恰恰，我回来了。"

听到波普琳的话之后，仆猫恰恰立刻变得比波普琳更有精神。

"如果有不够的东西，或是不知道的事情，都请交给恰恰来处理。恰恰绝对不会让前来帮助波普琳大人的各位，感到任何的不便。"

每当看到仆猫们那么重视自己的主人时，奈奈总是好羡慕。恰恰

是一只超级有礼貌的仆猫，一点儿也不输给可冬。

"首先，从剪布开始吧。布在那边的架子上，小丝。我现在来把模特架叫出来。"波普琳说。

"纸样是这个吧？"

可冬干劲十足地说。

奈奈边从桌上的篮子中拿出

一捆蕾丝缎带，边说：

"缝在礼服上的花边

由我来负责吧。蕾

丝上要做许多缩

缝才行！"

"各位大人，也请不要忘记喝茶。"恰恰端来装满茶的大杯子，大家相视而笑。

之后，大家就像电影快进似的忙碌，手稍微停下来的时间都没有。小丝和波普琳照着纸样重新剪好大块的布，再用缝纫机缝好。

现在已经无法

像试装那样，贴着玛琪的

身体做修改，所以，她们打算将礼服套在模

特架上，一针一线地仔细缝制，以达到跟试

装一样的效果。而且，因为波普琳的设计相

当出色，所以就算礼服有一点点不合身，估

计谁也看不出来。小丝是这么认为的。

结婚礼服的裙摆设计得很长，需要缝

合的布非常大，而针脚处必须以熨斗仔细熨

烫，以便完成时，整块布都还是平整的。

　　恰恰拿着装有铃兰的喷水器，弄湿针脚，可冬则利落地拿着熨斗熨烫。每当熨斗接触到布面，蒸气就会"嘶"地往上蹿，浸湿可冬的胡须。

大家在做这些事的时候，奈奈则一直在蕾丝缎带的两边做缩缝，以做出花边。

波普琳制作的礼服，以大量使用花边的浪漫设计而闻名。玛琪从礼服定做分店的许多裁缝魔女中，选中波普琳为她制作结婚礼服的心情，奈奈可以理解。

所以，比起其他人，做花边虽然很乏味，却是很重要的工作。即使如此，当奈奈手指刺痛却还得继续同样的工作时，偶尔也会叹气。

小丝注意到，有人从微微打开的门缝中，窥探波普琳工作室。从刚才开始，就有好几个人不停来偷看。而当她犹豫着要不要直接打开门时，人又走了。

每当小丝感觉到门外的踌躇与叹息，就

会微微抬高眉毛，偷偷观察门外的情形。因为她知道，站在那里的是艾斯塔露和其他定做魔女们。但是，她却什么都没说，继续工作着。

最后，在可冬的胡须因为熨斗的蒸气而下垂，奈奈的手指已经痛到无法忍耐时，门被用力地打开，艾斯塔露走了进来。

礼服　修改

重新和好

"艾斯塔露……"

波普琳吃惊得停下手边的工作。

艾斯塔露一脸不悦，但还是一如往常，昂首挺胸地站着。

当然，在艾斯塔露身后，另外四位定做魔女也到齐了，正坐立不安地看着波普琳。

"我们也来帮忙，波普琳。"

艾斯塔露不擅长跟人家和好，生硬地说。听了这句话，波普琳的眼里涌出了喜悦的泪水。

"艾斯塔露，我……"

波普琳想要好好道个歉，最后却只能说出这几个字。

艾斯塔露态度有所改变，微微笑了笑，说道：

"你使用尺寸变更魔法是不对的。不过，既然你现在已经认识到错误，并认真地重新制作礼服，况且时间似乎快来不及了，所以，我们想来帮忙。"

波普琳悄悄地用手擦掉眼泪，接着看到小丝深深点头后，她诚心地向大家鞠了个躬。

"谢谢，艾斯塔露。谢谢各位！"

令艾斯塔露和其他人感动的，是波普琳"从头再来"的勇气与决心。

即使失败了，波普琳也不会只是沮丧，而是朝正确的方向重新开始。而且，不管多辛苦，她都毫不言弃。

这样的波普琳，大家都看到了。

"波普琳，太好了！"

奈奈看到大家重新和好，胸口感觉热
热的。她对波普琳的
决心，再次感到钦
佩。在那之后，结
婚礼服的制作
进展得异常
顺利，速度
大大提高。

小丝和奈奈第二天依旧去帮忙，但最后一天，约定把礼服交给玛琪的那一天，她们却缺席了。并非礼服已经完工，而是大家已经得知玛琪的"另一件礼服"委托给小丝修改的消息了。

"谢谢你，小丝。可是，不能再麻烦你了。"

波普琳对自己什么都不知道，还一直让小丝来帮忙这件事，感到非常抱歉。

"没错。小丝大人已经帮了很大的忙了，恰恰一生都不会忘记您的恩情。"

波普琳的仆猫给小丝深深地鞠了一躬。

艾斯塔露看着面面相觑的小丝和奈奈，说道：

"小丝，你不用担心。"

波普琳望着模特架上开始显现美丽雏形的结婚礼服，接着说：

"剩下的，她们几个帮忙就够了。我们一定会让这件礼服在结婚典礼前四天的早晨，如期出现在玛琪的房间里。而且，大家也都希望小丝能回去做自己的工作，奈奈也要加油！"

小丝和奈奈听了，互相点点头。

"就听你的吧，艾斯塔露。我们先回去了。"

"再见，波普琳、艾斯塔露，还有各位！"奈奈一边说着一边站到魔法旅行纸上，小丝立刻喊道：

"祝大家顺利！伊鲁玛巴纳！"

随着粉红色的烟雾升起，小丝一行人消

◎ 非常简单 ◎
羊毛毡·玛格丽特的做法

2 沿着中间的洞做缩缝。

前端剪成圆弧状，就会变得像花瓣。

1 将白色羊毛毡剪成甜甜圈形状，朝中心点剪下，长度20～25毫米。

80毫米

15毫米

20～25毫米

3 在正中央缝上黄色纽扣，大功告成。缝在缎带上，可以当胸花、手花；加上别针，可以当胸针。

装饰在帽子或包包上，也很可爱！

以红色或淡蓝色的羊毛毡来做，也会很漂亮。

失在波普琳的工作室里。然后，出现在眼前的，是一如往常的礼服修改分店。

玛琪要在五天后来拿"另一件礼服"，小丝和奈奈下定决心，要做出一件不输给波普琳的礼服。

礼服　修改

8

幸运花

那天之后，小丝画了好几张设计图，可是没有一张让她满意。

第二天，奈奈打开礼服修改分店的大门时，设计图还是没完成。

小丝把素描本丢在一旁，专心地翻阅贴满剪报的厚厚的剪贴簿。

那并不是可冬最近制作的剪贴簿，不管哪一篇，都是已经泛黄的旧报道。

"你在做什么？小丝。"奈奈好奇地问道。

"啊，你来啦，奈奈。我正在调查历代乌苏拉家的新娘，都是穿什么样的'另一件礼服'。"小丝说。

"这些旧剪贴簿，都是从礼服修改分店的资料室抱来的。"可冬说着，摇了摇可以打开许多魔法房间大门的钥匙串。

"哇，好像很有趣呢。"当奈奈凑过去看的时候，小丝指着几篇报道，说：

"这是玛琪的妈妈，这位是外婆，这位是外曾祖母。"

"真不愧是乌苏拉家族，新闻报道里，竟然记录了所有细节！"又抱着另一摞旧剪贴簿过来的可冬，佩服地说道。

"将'另一件礼服'与妈妈原来的结婚礼服对比的话……"

小丝将两件礼服的照片和设计图，按照顺序排列。以这种方式来观察，礼服修改之

前的设计与这件礼服如何被修改，就可以看得一清二楚了。

　　"小丝，不管哪件礼服，似乎都没有做太大的修改，有些只是改了颜色或将下摆改短而已。"

“没错，奈奈。而且……”小丝一边看着“另一件礼服”，一边说，“不管哪一件，都不是很适合新娘。”

不过，小丝认为这是理所当然的。这本来就是为妈妈设计的礼服，不一定会适合女儿。

或许正因如此，所以大家便放弃了要让礼服适合女儿的想法，索性就不怎么修改了吧。

“玛琪妈妈的‘另一件礼服’的设计图在这里。”可冬拿出一个满是灰尘的旧素描本。

那是小丝前任掌管礼服修改分店的裁缝魔女所画的设计图。设计图的旁边，写着这样的笔记：

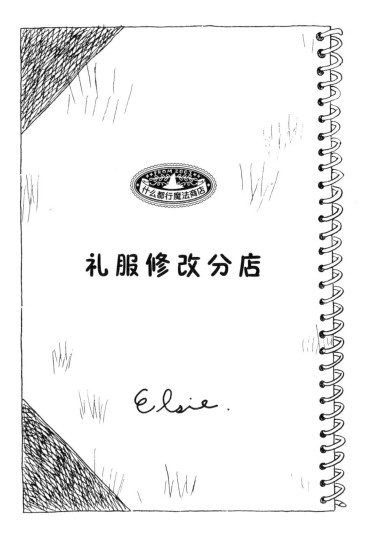

什么都行魔法商店

礼服修改分店

Elsie.

委 托 人	诗薇雅·乌苏拉
对 象	"另一件礼服"
目 的	

为了让大家知道
这是妈妈的礼服，
所以不要做太多修改。

光是穿着，就像被妈妈
守护着一样，令人安心
的礼服。

负责人 Elsie

样本		不使用新材料	

"为了让大家知道这是妈妈的礼
服，所以不要做太多修改。光是穿着，
就像被妈妈守护着一样，令人安心的
礼服。"

小丝"嗯"了一声之后，沉默了。
玛琪的妈妈，似乎是位跟玛琪完全不同
的女性。

玛琪很讨厌穿妈妈的礼服，可是玛
琪的妈妈却很高兴能穿妈妈的礼服。

"玛琪的要求，是让大家看不出那
是妈妈的礼服……那样的修改方式，适
合'另一件礼服'吗？"

小丝凝视着玛琪妈妈的结婚礼服，
边思考边说：

"可是，原来的设计完全不适合玛琪，还是得重新改变原来的设计才行。"

这时，正在翻阅剪贴簿的奈奈突然说：

"玛琪的妈妈很喜欢玛格丽特花。这件结婚礼服上，

也缝了很多。小丝，快看这张结婚典礼的照片。会场是以玛格丽特花做装饰，结婚蛋糕上也点缀着玛格丽特，捧花也是玛格丽特，还有……"

奈奈得意地继续说："我找到玛琪出生时的新闻报道了。玛琪还是这么小的婴儿，她出生时刚好是在玛格丽特盛开的季节。报道上引述玛琪妈妈的话：'幸福经常跟着玛格丽特一起到来，玛格丽特是我的幸运标记，是我的幸运花。'"

"原来如此！"

可冬一直静静

地听着，突然

大喊。

"所以，她才为女儿取名'玛格丽特'。可是，现在大家都不称呼她玛格丽特，而是玛琪。"

对于奈奈的发现，小丝吃惊地说："妈妈是多么盼着玛琪幸福，玛琪不会不知道。玛琪就是有点儿太过任性，所以我们必须借这次的修改，让她意识到妈妈对她的爱。可是，要怎么设计才好呢？"

于是，奈奈又指了指玛格丽特花的照片，说：

"这样的话，我们把玛琪妈妈礼服上代表幸运的玛格丽特花留下来，在修改的时候使用，怎么样？"

礼服　　修改

新娘的黑色礼服

　　小丝将玛琪妈妈结婚礼服上的玛格丽特花小心翼翼地拆下来，因为她觉得奈奈的想法很有趣。

　　这项工作结束后，小丝终于画起了设计图。"虽然花可以直接使用，但礼服的设计，我打算做些大改变。"

接着，小
丝快速地在素描
本上描绘着。

　　小丝先取下礼服胸前的旧式蕾丝，再以
蝉翼纱覆盖在胸口上。另外，裙摆分三段制
作，长度在脚踝以上。这样，玛琪就可以在
派对上尽情跳舞了。然后，将拆下的玛格丽

特花接在一起，
做成花环，从腰部
斜挂至下摆。

虽然没有缝上华丽的花边或缎带，但是
多亏了这个花环，礼服看起来很优雅。

"波普琳设计的结婚礼服，有很多花边
和缎带，看起来很可爱，对吧？所以，'另

一件礼服'我决定不使用花边和缎带。你觉得怎么样？奈奈。"

"非常漂亮！小丝。那礼服要染成什么颜色？还有，玛琪曾说过'想要缝上宝石'……"

"当然，我都考虑到了。"小丝说着，拿出黑色画笔。

"颜色是要像夜晚那样有光泽的黑色，礼服是黑色的。这样，玛琪想要一件完全不一样的礼服的要求，不就满足了吗？因为白跟黑是完全相反的。"

奈奈听了，惊讶不已。

"可是，新娘穿黑色礼服……"

然而，奈奈的这种担心在设计图完成后就消失了。黑色的礼服与白色的花环相互衬

托，看起来非常优雅。

可是，小丝不打算使用宝石。因为她认为，这与提倡勤俭节约的"另一件礼服"的精神相违背。她以黑猫顶针在素描本上敲了敲，玛琪的画像立刻从纸上浮起，跳起舞来。

"这真的是件华丽的适合派对主角穿的礼服！"

听了可冬的话，奈奈的眼睛闪闪发亮。

委托人	玛琪·乌苏拉
穿着对象	
目　的	"另一件礼服"

备忘录

● 换掉蕾丝的部分

● 染成黑色

颜色样本 →

幸运花

◎ 不使用宝石

可是，需要会闪闪发亮的东西！

负责人　*Silk*

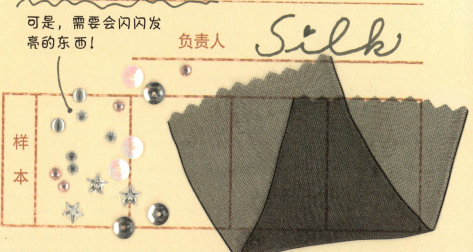

样本

"快点儿！我们来将礼服染黑吧，快一点儿！"小丝对奈奈和可冬说。

　　第二天开始，将染得乌黑的结婚礼服，修改成"另一件礼服"的工作，迅速展开。

　　大家将礼服胸口的旧蕾丝拆掉后，礼服突然变得轻便而年轻化。

　　"腰身以上，必须这样修改。"小丝剪下多余的布料，紧贴着模特架，再以手工缝制完成。拆下裙子，分成三段，各自打上许多褶子，再将这三段稍微错开后缝好。一天内，黑色礼服就全部改好了。

　　"好厉害，小丝。玛琪后天才来取礼服，现在就已经完成了。"

　　奈奈完全被礼服所吸引，但小丝却耸耸肩，说：

"奈奈，礼服还没完成，你忘记玛琪的要求了吗？"

奈奈当然没忘记，说道：

"对啊，必须缝上替代宝石的东西。"

"啊，是这样没错！看我，竟然把这个要求全给忘了，小丝大人。"

可冬大叫，焦急地在店里走来走去。

"礼服修改分店里并没有可以代替宝石的昂贵材料。小丝大人，可以用朝露串珠来代替吗？如果是美人鱼鱼鳞亮片的话，应该还剩下一些……"

可冬一个接一个地列举会发亮的材料。小丝微笑着说：

"不用担心，可冬。我一开始就打算去魔法市场购买。"

“去魔法市场吗？果然还是得去买宝石吧？”

奈奈非常开心地站起来。

魔法市场是一个非常有趣的地方。

“奈奈，明天一起去魔法市场吧。不过，我们要买的不是宝石，因为我不打算做华丽的礼服。”

奈奈很高兴可以和小丝一起去魔法市场，但她也没忘记该做的事。

“可是，小丝，玛琪会怎么想？她说过想在礼服上缝上许多

宝石，这是她的要求。"

"没问题的，奈奈。因为我们要买的，是比宝石更耀眼的东西，而且非常适合用来祝贺。"

除此之外，小丝就不再透露更多细节了。

"比宝石更明亮，适合用来祝贺的东西？"奈奈虽然有点儿担心，但还是像往常一样回家了。

礼服　修改

10

灿烂繁星商店

　　第二天，两人乘着魔法旅行纸，来到魔法市场。

　　首先，小丝买了可冬想要的"黑猫标志鲜嫩大吉岭"。那是以今年新产的茶叶制作的红茶，价格非常昂贵，但是可冬非常喜欢。

"走吧，奈奈，去买代替宝石的东西吧。"

"到底要买什么东西啊？小丝。"奈奈担心地问道。

小丝微微一笑，说：

"买星星碎片，这附近应该有一家专卖店。"

环顾四周，小丝发现前方放着一个灿烂繁星商店的广告牌，上面写着：

"星星碎片、星粉，各种服务。"

奈奈突然想起什么似的，大叫：

"我知道星粉！以前，宠物龙奇奇曾经飞到高高的夜空收集过。那是从流星上掉下来的粉，对吧？我们还用它将花染成银色。"

小丝点点头。

"奇奇确实采集过星粉，不过，星星碎片却不太一样，那是由流星猎人将捡到的星星弄碎后制成的。流星猎人寻找流星的地方，多半是海上、高山上或是沙漠里。所以，星星碎片比星粉珍贵。"

奈奈听后很兴奋。可是，灿烂繁星商店的窗户被拉上了黑色的窗帘。

"真遗憾，今天好像休息呢，小丝。"

"不是，这家店一直都是这样。"

正如小丝所说的，门并没有上锁。由于拉上黑色窗帘的关系，店里就像电影院一样昏暗，只亮着一盏灯。

当眼睛渐渐习惯黑暗后，二人便看到灯下的柜台，以及柜台里微笑着的魔女店员。

"欢迎光临，小丝大人。您要找什么样

的星星碎片呢？我会根据喜事的种类，为您推荐。"

"婚礼，我要最上等的星星碎片。"

"刚好有合适的，我马上拿给您过目。"

店员魔女说完后，走进后面的房间。她再回来时，手里抱着一个亮亮的东西，它的光芒犹如旭日般照亮店内。古色古香的店内摆设，以及魔女店员的脸，现在都可以看得一清二楚。

"这是郁金香座流星雨的星星碎片，是本店最高级的商品。而且，它还是一个月前刚落下的，如您所见，光芒很耀眼。"

奈奈目不转睛地看着魔女店员放在柜台上的东西。大大的瓶子里，放着许多会发亮的碎片。

“这个，真的是星星碎片吗？”

听了奈奈的话，魔女店员有一点儿生气地说：

“这当然是货真价实的星星碎片，本店绝不卖假货。”

奈奈这才明白小丝说的"比宝石更耀眼的东西"的意思。宝石只有反射光线时才会发亮，而星星碎片则是会自己发光。

　　现在，奈奈也想知道小丝的另一句话是什么意思。星星碎片为什么"适

合用来祝贺"呢？正在思考的时候，魔女店员对奈奈说：

"本店的每一颗星星碎片都施了'封印愿望'的魔法。所以，只要您用魔法道具解除封印魔法，就可以马上许愿。而且，本店还附赠保证书。

"不过，许愿的有效时间，是魔法解除后的一分钟内。请务必注意：要重复三次说出愿望才有效。"

奈奈瞪大了眼睛。她曾听过流星划过天际时，重复许愿三次，愿望就能实现的传说，没想到星星真的拥有这种力量。

"魔女把送星星碎片，当作最高级的祝贺礼物，就像愿望礼券一样。"

小丝跟奈奈解释完，买了两百克的郁金

香座流星雨星星碎片。

　　魔女店员用勺子从瓶子里舀出需要的分量，放进黑色的袋子里。接着，小丝还买了让星星碎片黏在布上的药，之后便匆匆忙忙地回礼服修改分店了。

11

向星星许愿

第二天午后，奈奈一边气喘吁吁地打开礼服修改分店的门，一边问：

"玛琪呢？玛琪还没来拿礼服吗？"

"是的，奈奈大人。不过，时间快到了。"可冬正开心地将黑色礼服套在模特架上。

"多么漂亮的礼服啊！昨天我们从魔法市场回来后，将星星碎片洒在礼服上。那样的美无与伦比，仿佛是漆黑的夜里闪闪发光的银河。"

话音刚落，敲门声响起，玛琪来了。打开门走进来的时候，玛琪就露出了从未见过的表情，直盯着礼服。

"好……好漂亮啊！"

玛琪瞪大眼睛，静静地走向礼服，凝视着被黑色衬托得更显眼的白色玛格丽特花，突然意识到了什么。

"这是用妈妈礼服上的花做的吧，是妈妈的幸运花。"

"而且，它也是你的名字，玛格丽特。"

然后，奈奈将玛琪出生时的新闻报道读

了出来，玛琪听后眼里泛

着泪光。

　　"修改后的礼服，明明改变那么多，我
却一眼就能看出是妈妈以前的礼服。我明
明应该很讨厌这样的礼服才对，却这么开
心……谢谢你做了这么棒的修改，小丝。这
是一件就像妈妈在身边守护着我，令人感到

安心的礼服。妈妈一直期盼我能幸福，对吧？奈奈。对……不只妈妈，还有许多人……"

奈奈用力地点点头后，说起波普琳重新制作结婚礼服的事。玛琪知道波普琳为了她而努力的事后，羞愧地低下头。

"虽然大家在约定的时间内帮我赶出了

结婚礼服，结果，却没有一个人来为它施上祝福的魔法。"

"四天里，一个人都没有来吗？"

可冬小声地询问。

玛琪含泪点点头，然后，像是对自己平时的任性有所忏悔地说：

"明天的婚礼，会有多少朋友来呢？不，即使是明天，一定也不会有人来。这是理所当然的吧，因为我对大家一点儿也不好。

"还有，我原本很讨厌穿'另一件礼服'，一定让妈妈很伤心。可是，我现在才注意到自己的错误，已经太晚了。"

奈奈立刻以坚定的口吻，鼓励道："不会的，玛琪。不管是谁，不论何时，都可以重新开始。我相信周围的人，都在等你什么时候能改变个性。"

"真的吗？"

小丝清了清喉咙，说：

"这就看你怎么做了，玛琪。你就从对结婚礼服上的星星碎片许愿开始吧。然后，从明天开始改掉缺点，努力让自己变成一个好魔女，一定会有效果的。"

接着，小丝戴上黑猫顶针，手高高地举起，说：

"好，你准备好许愿了吗？玛琪，要开始了，'魔法解除！'"

黑猫顶针碰到礼服后，宝石猫眼闪闪发光。瞬间，星星碎片开始释放魔力，光芒更强烈了。

"希望大家明天都会来。希望大家明天都会来。希望大家明天都会来！"

听到玛琪这么诚心的许愿，奈奈心想，玛琪一定能成为受大家喜爱的好魔女。

礼服　修改

12

玛琪的婚礼

黎明又一次来临……

万里无云的天空下，乌苏拉家豪华的庭院里，正举行着玛琪的婚礼。波普琳制作的结婚礼服，在绿色草坪的衬托下，显得格外漂亮。整个画面就像梦境般地罗曼蒂克。

不知道是不是向星星许愿的原因，婚礼

上来了许多朋友。

其中，有些人希望玛琪能原谅他们没来施祝福的魔法。玛琪当然原谅他们，而且，她也遵守昨天跟小丝、奈奈的约定，努力成为一个好魔女。

她开始称赞朋友的优点，同时当别人称赞她时，不像以前那样傲慢、炫耀。

当然，并非她现在一点儿都不想说人坏话或是骄傲自满，而是她注意到，如果能忍下这些情绪，气氛就会变得更融洽。这么一来，即使她不命令大家，大家也会自然地围绕在她身边。

从一开始就发现玛琪心中有着温柔的种子，相信她一定

可以成为好魔女的新郎，看到这种情形，觉得自己真的很幸福。

派对在傍晚举行，开始时，天空已经完全变成玫瑰色。

玛琪穿着闪耀着光芒的星辰礼服一现身，立刻被大家的掌声包围。爸爸、妈妈以及各位朋友看到玛格丽特花，立刻想起以前的婚礼。天色完全暗下来后，星辰礼服仍在派对中绽放着美丽的光芒。

"果然有刊登！"

奈奈开心地翻着《魔女新闻》。全白的结婚礼服与黑色的星辰礼服的

照片被并排放在一起。

"今天，所有的魔女大人应该都在谈论这两件礼服吧。"

可冬的声音，从厨房传了过来。

马上就是下午茶时间，礼服修改分店一如往常又将充满茶香。

事情应该是这样才对，可是一转眼，焦味便

伴随着白烟从厨房飘出。过了一会儿，可冬一边咳嗽一边从厨房中跑了出来。

"非常抱歉，小丝大人、奈奈大人。我一不小心把饼干烤焦了……"

仔细一瞧，可冬的胡须前端有点儿烧焦，并且微微卷着。即便如此，可冬还是保持着

平常谦和有礼的态度，拍着围裙上的灰尘。

"不过，请放心，重新烤饼干的材料还足够。"

小丝无奈地耸了耸肩，一旁的奈奈则笑着说：

"没事，可冬，失败了也没关系！"

图书在版编目（CIP）数据

魔女的星辰礼服/（日）安昼安子著；莪合译.--济南：山东人民出版社，2023.5（2024.3重印）

（什么都行魔法商店；第十三册）

ISBN 978-7-209-14576-3

Ⅰ.①魔… Ⅱ.①安… ②莪… Ⅲ.①儿童故事-图画故事-日本-现代 Ⅳ.①I313.85

中国国家版本馆CIP数据核字(2023)第069468号

なんでも魔女商会13 星くずのブラックドレス
Copyright © Ambiru Yasuko 2009
Original Japanese edition published by Iwasaki Publishing Co., Ltd.
Chinese translation rights arranged with Iwasaki Publishing Co., Ltd.
through Shinwon Agency.
Chinese translation rights © 2023 by Shandong People's Publishing House

山东省版权局著作权合同登记号　图字：15-2018-209

本译稿由东雨文化事业有限公司授权使用

魔女的星辰礼服

MONÜ DE XINGCHEN LIFU

〔日〕安昼安子　著　莪合　译

主管单位　山东出版传媒股份有限公司
出版发行　山东人民出版社
出 版 人　胡长青
社　　址　济南市市中区舜耕路517号
邮　　编　250003
电　　话　总编室（0531）82098914
　　　　　市场部（0531）82098027
网　　址　http://www.sd-book.com.cn
印　　装　济南新先锋彩印有限公司
经　　销　新华书店

规　　格　32开（148mm×210mm）
印　　张　4
字　　数　40千字
版　　次　2023年5月第1版
印　　次　2024年3月第2次
ISBN 978-7-209-14576-3
定　　价　39.80元
　　　　　如有印装质量问题，请与出版社总编室联系调换。

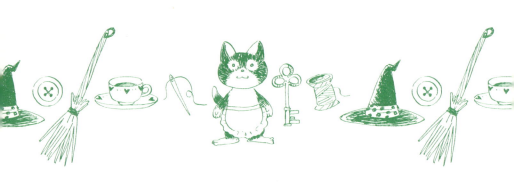